JAC détective canin

Le voleur
de bottine

DARREL ET SALLY ODGERS

**Texte français
de Louise Binette**

Éditions
SCHOLASTIC

Catalogage avant publication de Bibliothèque et Archives Canada
Odgers, Darrel
Le voleur de bottine / Darrel et Sally Odgers;
texte français de Louise Binette.
(Jack Russell, détective canin)
Traduction de : Dog Den Mystery.
Pour les 7-9 ans.
ISBN 0-439-94157-1
I. Odgers, Sally, 1957- II. Binette, Louise III. Titre.
IV. Collection : Odgers, Darrel Jack Russell, détective canin.
PZ23.O35Vo 2006   j823'.92   C2006-903041-3

Édition publiée par les Éditions Scholastic,
604, rue King Ouest, Toronto (Ontario) M5V 1E1.

5 4 3 2 1   Imprimé au Canada   06 07 08 09

Enchanté, Jack Russell!

Je tourne, je tourne, je tourne.
Mes pattes touchent à peine le sol.
Je tourne et tourne, tourne et tourne,
tourne et...

J'en suis à mon 95e tour dans la cour déserte. Il n'y a rien d'autre à faire, à part dormir dans mon panier et pourchasser les moineaux.

Ah! voilà Simon qui rentre à la maison.

— On est mutés, Jack, dit-il.

Je tourne, je tourne, je...

ZOUUUP!

Je dérape et m'arrête. Je remue la queue et **fais le beau**. Simon n'est pas exceptionnellement intelligent, mais il comprend que ça veut dire :

— *Chouette! Où allons-nous? Est-ce que tante Adèle vient aussi?*

— On va à Val-Cabot, dit Simon.

Il donne un coup de pied dans mon **os qui couine**.

— Ça nous changera de la grande ville.

Il a tout à fait raison.

Tante Adèle ne vient pas.

Ça me fait de la peine. Elle est la tante de Simon. Elle m'aime bien. Le jour de notre départ, elle nous aide à faire nos bagages. Elle me fait ensuite un gros câlin.

— Au revoir, Jacques Roussel!

Tante Adèle est la seule personne
au monde qui peut se permettre de
m'appeler comme ça.

Je lui donne un grand coup de
langue sur la joue et pousse ses lunettes
de côté. Elle adore quand je fais ça.

Simon et moi allons nous installer à
Val-Cabot, où nous nous rendons dans
la voiture de Simon.

Pendant que nous roulons, j'analyse
les odeurs par la vitre baissée.

La vérité selon Jack
Les voitures ont des vitres.
Les chiens ont des museaux.
Les unes sont faites pour laisser sortir
les autres.
Vrai de vrai.

Les oreilles au vent, je dresse une
carte d'odeurs.

La carte de Jack…

1 Passons devant la fabrique
de saucisses.

2 Continuons tout droit, devant
la cour où quelqu'un a enterré
un os en mars dernier.

3 Tournons à gauche près de la maison où quelqu'un a mangé des côtelettes pour le dîner.

4 Passons devant la maison où habitent trois chats.

5 Alerte au gros chien!

6 Passons devant la pizzeria (à considérer : revenir pour dégustation de fromages).

7 Tournons à gauche près de la maison avec les trois petits enfants, ceux qui ont l'âge parfait pour laisser tomber des biscuits.

8 Passons devant le porche où se trouvent de vieilles bottines.

9 Tournons à gauche à la maison vide. Abrite probablement des rats. À vérifier plus tard.

Simon tourne après la maison-vide-où-logent-peut-être-des-rats. Il roule encore, longe deux pâtés de maisons et arrête la voiture.

— Nous y sommes, Jack.

Je prends mon os qui couine et bondis hors de la voiture.

J'atterris sur une vieille bottine qui sent le chien.

Le glossaire de Jack

Faire le beau : *debout sur les pattes de derrière, les pattes de devant jointes comme pour prier. Exprime une grande excitation.*

Os qui couine : *objet qui sert à se faire les dents. Ne pas confondre avec un jouet.*

Carte d'odeurs : *sert à réunir les informations recueillies par le museau.*

Vague de crimes à Val-Cabot

La vérité selon Jack
Les bottines n'ont pas leur place
dans les jardins.
Dans les jardins, les bottines
se font mâchouiller.
Vrai de vrai.

Je lâche mon os qui couine.
J'attrape le bas du pantalon de Simon
et tire.

— Arrête, Jack.

Simon envoie la bottine plus loin
d'un coup de pied.

— Ce n'est pas le moment de jouer.

Simon entre dans la maison pour défaire ses bagages.

Je renifle la cour. J'en profite pour faire une autre carte d'odeurs.

La carte de Jack...

1 Un chat est passé par ici, vendredi
dernier.

2 Des oiseaux se posent souvent
dans le coin, sous l'arbre.

3 Un chien inconnu a enterré
un os ici.

4 Odeur de vieille bottine mêlée
à celle du chien inconnu.

5 Un chien inconnu, plein de puces,
s'est gratté ici.

6 Un chat a épié un oiseau ici.

7 Encore le chien inconnu.

— Le souper est servi! lance Simon.

Il pose mon bol et mon panier
dehors, près de la porte.

Avec précaution, je mets mon os
qui couine dans le panier. J'arrange ma
couverture avec mon museau. (C'est une
bonne couverture. Tante Adèle me l'a
tricotée.) Je mange ensuite mon repas,
je fais ce que tous les chiens font, puis
je vais me coucher. Je me réfugie sous
la couverture. Ça sent tante Adèle.

Mais je n'oublie pas la vieille bottine.

La vérité selon Jack
*Les Jack Russell (et autres chiens) aiment
se cacher sous une couverture.
Si on ne peut pas vous voir, vous ne
pouvez pas nous voir non plus.
Vrai de vrai.*

Je me réveille quand les oiseaux se mettent à chanter. Je quitte mon panier, trottine sur le gazon et fais ce que tous les chiens font.

Je vérifie ensuite ma carte d'odeurs.

Snif, snif. Odeur de moineaux sous l'arbre.

Snif, snif. Odeur du chat qui a traversé la cour hier soir.

Snif, snif. Odeur de vieille bottine.

Snif, snif…

C'est étrange. Je recule de quelques pas et renifle de nouveau. Odeur de vieille bottine… mais la bottine n'est plus là!

Très étrange. Très bizarre. Les moineaux se déplacent. Les chats se déplacent. Les bottines ne se déplacent pas. Mais qu'importe, après tout? Il y a eu une vieille bottine dans ma nouvelle cour. Maintenant, elle n'y est plus. Et alors?

Je gratte à la porte et aboie jusqu'à ce que Simon me laisse entrer.

La vérité selon Jack
Gratter et aboyer permet d'entrer
quand on est à l'extérieur.
Gratter et aboyer permet de sortir
quand on est à l'intérieur.
Vrai de vrai.

Je déjeune pendant que Simon se prépare pour aller travailler. Je songe à me cacher dans la maison, mais je me souviens que Simon sera parti toute la matinée.

Je le suis dehors.

— On se revoit à midi, Jack! lance Simon.

Je retourne dans mon panier.

C'est à ce moment-là que je découvre qu'un crime a été commis.

On a volé mon os qui couine!

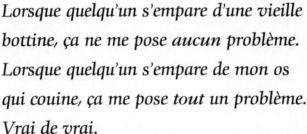

La vérité selon Jack

Lorsque quelqu'un s'empare d'une vieille bottine, ça ne me pose aucun problème. Lorsque quelqu'un s'empare de mon os qui couine, ça me pose tout un problème. Vrai de vrai.

Je renifle mon panier. Je renifle le porche. Je renifle la cour. Pas d'os qui couine. Je renifle à nouveau. Pas de vieille bottine. Pas d'os qui couine.

C'est grave! On dirait qu'il y a une

vague de crimes à Val-Cabot!
Heureusement, Simon rentrera bientôt.

Simon est policier. Lorsque
quelqu'un fait quelque chose de mal,
Simon enquête. Il retrouve la personne
qui a mal agi, et découvre pourquoi elle
l'a fait et comment. Puis il l'empêche de
recommencer.

Simon saura découvrir qui a pris
mon os qui couine. Il obligera le coupable
à me le rendre. Lorsque Simon vient
dîner, je porte plainte. J'agrippe le bas de
son pantalon. Je le tire vers mon panier.

— Ce n'est pas le moment de jouer, Jack, dit Simon.

Je lui donne un coup de patte sur la jambe. Simon franchit la grille.

Il n'enquêtera pas sur le vol. Quelqu'un d'autre devra s'occuper de l'affaire.

Et ce sera Jack Russell, détective canin.

Voilà comment j'obtiens ma toute première affaire à Val-Cabot.

Je vous présente Lord Rubis

— Bonjour, petit chien!

Une tête avec de longues oreilles regarde par-dessus ma clôture. Elle a aussi un museau humide et de grands yeux bruns. Le museau appartient à un gros chien, et ce gros chien est sur mon **terrier-toire**.

Je laisse mon poil se hérisser, juste un peu. Je grogne du fin fond de ma gorge, juste un peu.

<u>La vérité selon Jack</u>
Les petits chiens doivent laisser leur poil se hérisser quand les gros chiens

18

regardent par-dessus leur clôture.
Si les petits chiens ne laissent pas
leur poil se hérisser, les gros chiens
en profitent.
Vrai de vrai.

Je demande :

— Qui es-tu?

Le gros chien se lèche les babines.
Il fronce les sourcils, l'air inquiet.

— Je suis L-Lord Setter, du haut de la
colline, bégaie-t-il, mais tu peux m'ap-p-
peler Rubis.

— Jack Russell, dis-je.

— C'est ton nom ou ta race, ça?
demande le gros chien.

— Les deux. Tu vis dans le coin,
Rubis?

— J'habite la maison en haut de la

colline, répond Rubis. Je suis sorti faire un tour *tout seul.*

— Et alors? dis-je. (Est-ce que Rubis pourrait être un suspect?)

— Catherine Samson n'aime pas que je sorte *seul.*

— Qui est Catherine Samson?

— Elle habite avec moi, dans la maison sur la colline.

— Pourquoi n'aime-t-elle pas que tu sortes seul?

— Catherine Samson croit qu'on va me **kidnapper.**

— Pourquoi?

Le museau de Rubis luit.

— Elle dit que je vaux un joli magot. Ça veut dire « beaucoup, beaucoup d'argent ».

La vérité selon Jack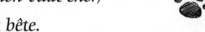
Plus le chien vaut cher,
plus il est bête.
Vrai de vrai.

Je commence mon interrogatoire par un exposé du crime. Je poursuis avec une approche directe.

**Interrogatoire de
Lord « Rubis » Setter.
Présents : suspect et
Jack Russell, détective canin.**

— Quelqu'un a volé mon os qui couine. Quelqu'un a aussi pris une vieille bottine, dis-je. Est-ce que c'est toi, Rubis?

— Pourquoi volerais-je un os qui couine? demande Rubis. J'ai un jouet que je peux tirer. J'ai une balle à mâchonner. J'ai un ourson en peluche. J'ai une brosse. J'ai un peigne. J'avais une…

Je l'interromps :

— Peu importe ce que *tu* as ou avais. Si tu vois quelqu'un avec un os qui couine et une vieille bottine, mords-le.

Rubis a l'air indigné.

— Catherine Samson dit qu'il n'y a que les méchants chiens qui mordent!

Je commence à en avoir assez de Catherine Samson.

— Ne mords pas, alors. Viens me prévenir.

Rubis retire son museau de mon terrier-toire, mais l'y remet aussitôt.

— Pourquoi?

— Parce que celui ou celle qui les a, les a volés.

— Tu es très malin, Jack! s'exclame Rubis. Peut-être que tu retrouveras la balle que j'ai perdue.

Fin de l'interrogatoire.

J'entends le cliquetis de ses griffes tandis qu'il remonte la rue en trottinant.

« Tu es vraiment bête, Rubis. Beaucoup trop bête pour être un suspect. » Mais je ne le dis pas tout haut.

Mon entretien avec Rubis démontre qu'il n'est pas coupable. Le voleur a fait preuve de subtilité et de ruse. Rubis n'est ni subtil ni rusé. Le voleur a pris mon os qui couine dans mon panier. Il a aussi pris la vieille bottine. Je n'ai rien entendu. Je n'ai rien senti. J'ai honte.

« Et tu prétends être un détective? » me dis-je.

Je me réponds : « Oui. Je m'appelle Jack Russell et je suis détective canin. »

Il n'y a plus rien que je puisse découvrir dans la cour, alors je sors.

Comment?

Simon a fermé la grille. Et il y a une clôture qui borde la cour. Comment suis-je sorti?

Facilement.

Ce genre d'obstacle n'a aucune importance pour un Jack Russell. Si un Jack Russell peut passer sa tête par un trou, le reste du Jack Russell suivra.

Les Jack Russell creusent.

Les Jack Russell sautent.

Les Jack Russell font des tunnels.

Je suis la trace de Rubis sur le trottoir. La carte d'odeurs me dit qu'il est passé dans la Deuxième Rue et qu'il a tourné à droite. Ensuite, il a monté la colline. Une fois en haut, j'aperçois une maison entourée d'une haute clôture. C'est sûrement là qu'il habite. Ainsi, il est rentré directement chez lui. Il n'a pas été kidnappé cette fois.

Je retourne devant notre grille et je renifle les alentours.

Odeur de chien inconnu. Odeur de Rubis. Odeur de Jack.

Odeur de chat. Odeur de moineaux. Odeur de Simon.

Tout sent exactement comme je m'y attendais. Il n'y a aucune nouvelle odeur qui pourrait m'aider à attraper le voleur.

Je retourne dans notre cour. (Peu importe comment.) Je me dirige vers mon bol pour casser la croûte, mais je ne peux pas manger. *Pourquoi?*

Ma nourriture a disparu et le bol aussi. Tout comme ma jolie couverture offerte par tante Adèle! Il y a eu un autre crime à Val-Cabot.

Le glossaire de Jack

Terrier-toire : *terrain ou terre revendiqués par un terrier.*

Kidnapper : *s'applique aux enfants et aussi aux chiens.*

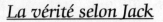
Un redoutable flai

La vérité selon Jack

Les Jack Russell heureux sont
intelligents et enjoués.
Les Jack Russell malheureux sont
tristounets et maussades.
Les Jack Russell en colère sont
vraiment terrier-fiants.
Vrai de vrai.

Je retrousse les babines et gronde
férocement. Le voleur est allé trop
loin.

Je sais maintenant ce que j'ai à
faire.

Je sors de la cour encore une fois. (Peu importe comment.) Je renifle la sortie, mais je ne sens que ma propre odeur. Un instant! Est-ce que ce n'est pas l'odeur de ma couverture?

Je renifle les alentours. Je cherche.

Odeur de chien inconnu. Odeur de chat. Odeur de Rubis.

L'odeur de Rubis remonte la rue. L'odeur du chat traverse la rue. Celle de ma couverture descend la rue.

Je descends la rue. Je laisse l'odeur me guider, le museau au sol.

Les pattes vont plus vite que l'éclair quand Jack Russell utilise son flair.

Je suis sur une piste.

Trois chats s'enfuient. Ils savent bien qu'il ne faut pas embêter un Jack Russell sur une piste.

Trois **crève-tympans** traversent la rue en courant. Je grogne.

Ils rentrent la queue et détalent. Ils savent bien qu'il ne faut pas retarder un Jack Russell sur une piste.

Je cherche pour retrouver l'odeur.

La piste me mène à la maison-vide-où-logent-peut-être-des-rats. C'est la vieille maison que nous avons vue, Simon et moi, en arrivant à Val-Cabot.

Je me fais tout petit pour passer par un trou de la clôture. Je me dirige vers le porche affaissé en reniflant.

Tout à coup, j'entends des voix. Deux garçons tournent au coin de la maison-vide-où-logent-peut-être-des-rats. L'un d'eux tient un long bâton pour donner de petits coups sur les objets.

Je m'accroupis dans l'ombre du porche jusqu'à ce qu'ils soient partis.

La porte est cassée. Je renifle comme il faut, puis je me glisse en dessous.

Il fait noir dans la maison, mais je dresse vite une carte d'odeurs.

Voilà ce que je découvre.

Ce n'est pas la maison-vide-où-logent-peut-être-des-rats. C'est la maison-vide-où-*logent*-des-rats.

La carte de Jack...

1 Des rats.

2 Un chat est passé par ici,
lundi dernier.

3 Les deux garçons sont déjà
venus ici.

4 Ils ont mangé un sandwich.

5 Les rats se sont battus
pour avoir les croûtes.

6 D'autres rats.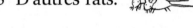

7 Encore d'autres rats.

8 Chien inconnu.

9 L'odeur de ma couverture.
Et ce n'est pas tout.

10 Mon os qui couine!!!

11 La vieille bottine!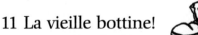

12 Rubis?

Rubis? Je renifle encore une fois.
Ça ressemble à l'odeur de Rubis, mais
ce n'est pas tout à fait ça. C'est plutôt
l'odeur d'une balle en caoutchouc avec
laquelle Rubis s'est déjà amusé.

Je continue ma tournée en reniflant.
J'ai l'impression de jouer à « tu brûles »
ou « tu gèles ».

Les rats sentent fort. J'ai bien envie
de les prendre en chasse. Mais où sont-
ils?

Peut-être que les garçons les ont fait
fuir.

Peut-être que Rubis les a fait fuir.

Non. Ce sont les rats qui auraient fait
fuir Rubis. C'est un chien comme ça.

Peut-être…

Je m'arrête net. Jack Russell, détective
canin, a trouvé un autre indice!

C'est une cache d'objets volés. La plupart d'entre eux sentent le chien.

Le glossaire de Jack

Crève-tympans : *petits chiens poilus aux yeux exorbités et aux jappements aigus.*

Affaire classée?

Je bondis sur mon os qui couine
et le mâchouille avec entrain. Je saisis
mon bol entre mes dents. Je me roule
sur ma couverture et la prends dans
ma gueule. Je…

Mauvaise idée, Jack!

Qu'est-ce que j'ai fait?

Je me suis roulé sur la preuve!

J'ai contaminé le lieu du crime!

Je me gronde sévèrement, puis
je continue mon travail.

J'ai trouvé les objets volés. *Bravo!*

Je n'ai pas attrapé le voleur. *Zut!*

Je ne sais pas comment le voleur a

volé les choses. *Zut!*

Je ne sais pas pourquoi le voleur a volé les choses. *Zut!*

Je m'assois pour réfléchir à la situation.

Les objets volés appartiennent à des chiens. *C'est un fait!*

Certains sont à moi. *C'est un fait!*

La balle appartient à Rubis. *C'est un fait!*

La vieille bottine porte l'odeur du chien inconnu qui est venu dans notre cour. *C'est un fait!*

Couverture, bol, jouets, os qui couine, vieille bottine.

Les garçons seraient-ils les voleurs? Se servent-ils des objets volés dans le but d'installer un abri pour chien dans la maison vide?

Mais pourquoi feraient-ils ça? Ça ne peut pas être pour leur chien. Il vit sûrement avec eux dans leur maison.

À moins que... Peut-être qu'ils planifient de *kidnapper* un chien!

Ces garçons complotent-ils de kidnapper Lord « Rubis » Setter?

Quelle autre raison auraient-ils d'installer un abri dans la maison-vide-où-logent-des-rats?

— Tu as résolu l'affaire, détective Jack! me dis-je.

Je suis convaincu d'avoir percé le mystère.

La vérité selon Jack
Tu es certain d'avoir raison?
Tu as probablement tort.
Vrai de vrai.

Encore Rubis

Plus j'y pense, plus je trouve que ma théorie a du sens.

Le raisonnement logique de Jack.

Quelqu'un a préparé un abri pour chien dans la maison-vide-où-logent-des-rats.

Les garçons y sont allés.

Donc, ce sont les garçons qui ont préparé tout ça. Ce qui laisse supposer qu'ils kidnapperont Lord Rubis bientôt.

Ils le garderont prisonnier dans la maison vide.

Ils obligeront Catherine Samson à payer un joli magot pour récupérer Rubis.

Mais pourquoi est-ce que ça me fait quelque chose? Ça ne me regarde pas.

Erreur!

Ça me regarde puisque les ravisseurs ont volé mes affaires pour les mettre dans l'abri pour chien. Je commence à établir un plan pour une arrestation rapide.

Je dois intervenir pendant le crime. Il faut que je prenne les méchants garçons en flagrant délit. Ensuite, j'aboierai pour avoir des renforts (Simon).

Je dois parler à Lord Rubis.

Je quitte la maison-vide-où-logent-des-rats et retourne à notre nouvelle maison. Je remonte la rue et tourne à gauche. Je cours jusqu'en haut de la colline.

Une grande clôture entoure la

maison sur la colline. Mais les clôtures n'arrêtent pas un Jack Russell en mission.

La vérité selon Jack
Les clôtures sont faites pour qu'on saute par-dessus.
Les clôtures sont faites pour qu'on se faufile à travers.
Les clôtures sont faites pour qu'on creuse en dessous.
Vrai de vrai.

Je trouve un trou que quelqu'un d'autre a commencé à creuser. Je me glisse à l'intérieur et termine le travail. Je passe mon museau de l'autre côté.

Snif, snif. Mon **supermuseau** détecte Rubis, et je laisse échapper un petit jappement de salutation.

— Pssst! Rubis! Remue-toi et viens ici.

Rubis s'approche en gambadant. Sa queue tourne comme une hélice.

— Jack! crie-t-il. Bonjour, Jack! Tu viens habiter avec Catherine Samson et moi?

La vérité selon Jack

Si on appelle un chien comme Rubis
tout doucement, il répondra toujours
en aboyant à tue-tête.
Vrai de vrai.

— Baisse le ton, dis-je en grognant.
Rubis, tu vas être kidnappé.

Les oreilles de Rubis retombent
mollement. Il se penche pour mieux me
voir.

— Q-Quoi? Quand?

— Probablement ce soir. En menant
mon enquête, j'ai découvert que quelqu'un
avait préparé un abri pour chien dans la
vieille-maison-vide-où-logent-des-rats. Je
crois que c'est pour toi.

— Je n'ai pas besoin d'un abri, dit
Rubis. J'habite la maison sur la colline

avec Catherine Samson. J'ai…

— Peu importe ce que tu *as*, dis-je. J'ai
trouvé la balle que tu *avais*. Elle est dans
l'abri. Mon bol aussi. Et ma couverture.
Les ravisseurs ont installé l'abri
aujourd'hui. Donc, ils te kidnapperont
probablement ce soir.

Rubis se lèche le museau. Il retrouve
soudain son air joyeux. Il saute sur place.
Ses oreilles et son long pelage ondulent.

— Je vais me cacher sous le lit de
Catherine Samson, dit-il. Les ravisseurs
ne pourront pas me trouver.

— Non, dis-je. Il faut que tu les laisses
t'emmener.

— D'accord, dit Rubis.

Au bout d'un moment, il ajoute :

— Pourquoi?

— Tu ne peux quand même pas

rester caché sous un lit pour toujours, dis-je. Si l'enlèvement se produit ce soir, nous serons prêts. Ce ne sera peut-être pas le cas une autre fois.

— C'est très astucieux, Jack! s'exclame Rubis. Que dois-je faire?

— Tu n'as qu'à te laisser kidnapper.

— D'accord, dit Rubis. Comment?

Je soupire.

— Tu te laisses kidnapper, c'est tout.

— D'accord, dit Rubis. Je me laisse kidnapper.

— C'est ça. Et moi, j'attraperai les ravisseurs. Je vais aboyer pour demander du renfort. Simon m'aidera à les arrêter.

— D'accord, répète Rubis. Et comment attraperas-tu les ravisseurs?

— Je les attendrai sous le porche de la maison-vide-où-logent-des-rats. Les ravisseurs et toi passerez juste devant moi. Ils ne me sentiront pas. Toi, oui. Je vais courir et aboyer pour appeler à l'aide.

— Alors, je me laisse simplement kidnapper ce soir, dit Rubis.

— C'est exact, dis-je. Tu as bien compris.

La vérité selon Jack
Ce qu'on demande à un setter irlandais
de faire est une chose.
Ce qu'il pense qu'on lui a demandé
de faire en est une autre.
Vrai de vrai.

Je sors de mon trou à reculons et rentre à la maison en trottinant. Je retourne dans la cour. (Peu importe

comment.) Je m'affale dans mon panier
dégarni, sans couverture. J'arrive juste à
temps.

Simon ouvre la grille.

— Ça va, Jack? demande-t-il. On dirait
que tu as eu une journée tranquille.

Pour un policier, Simon n'a pas un
sens de l'observation très développé.

Le glossaire de Jack

Supermuseau : *le museau de
Jack en mode superdétection.*

Aux aguets

Après le souper, tante Adèle
téléphone à Simon.

— Tante Adèle! glapis-je.

Je cours partout en reniflant.
Je l'entends, mais je ne la sens pas.

— Val-Cabot est un bel endroit,
tante Adèle, dit Simon. Tu devrais
venir y passer des vacances.

Un bel endroit? Alors qu'on a volé
mon os qui couine et ma couverture,
et qu'on planifie de kidnapper un
setter irlandais?

Mais c'est vrai qu'elle devrait nous
rendre visite. Une longue visite.

Bientôt.

— *Quoi?* dit Simon. Tu as fait *quoi?* Écoute, tante Adèle, tu ne peux pas…

Je veux savoir ce que tante Adèle a fait, mais il est temps de partir. Je gratte à la porte et aboie. Simon tend le bras et me laisse sortir.

Je quitte la cour. (Peu importe comment.) Je descends la rue jusqu'à la clôture qui entoure la maison-vide-où-logent-des-rats. Sans bruit, je me faufile à travers un trou dans la clôture. Sans bruit, je commence ma surveillance.

Je reste couché sans bouger durant un long moment.

Tout est très calme. Quelques oiseaux s'agitent dans les arbres. Une porte brisée claque. Quelques rats passent en poussant de petits cris.

J'ai très envie de les pourchasser.

Mais je me dis qu'un détective au travail ne doit jamais se laisser distraire. Je promets aux rats de les poursuivre *après* qu'on aura arrêté les ravisseurs. *Après* que j'aurai récupéré mes affaires volées. Ces objets constituent des preuves matérielles. Je pourrai les mettre en sûreté sur le porche.

La nuit tombe. Je prête l'oreille. Aucun signe des ravisseurs.

Je renifle l'air. Aucune trace des ravisseurs. La seule odeur que je perçois est celle qu'ils ont laissée en passant sur le porche lors de leur visite précédente.

Je sens cette odeur. Et ça, c'est très étrange.

Je me souviens de l'odeur dans l'abri.

Mais je ne me rappelle *pas* l'avoir sentie dans ma cour, où a pourtant eu lieu le premier crime.

C'est un mystère.

Question : Comment les ravisseurs-voleurs ont-ils pu prendre mes affaires sans laisser leur odeur?

Réponse : C'est impossible.

Conclusion : Cela signifie qu'ils avaient sûrement un complice.

51

Je résoudrai ces questions plus tard. Quand j'aurai libéré Rubis, les ravisseurs passeront aux aveux.

Je continue à faire le guet. C'est très ennuyant. Je bâille.

Il fait noir. Où sont donc passés les ravisseurs? Est-ce que Rubis m'aurait laissé tomber? Serait-il caché sous le lit de Catherine Samson?

Je frissonne. Je devrais peut-être entrer dans l'abri et aller chercher ma couverture. De loin, je perçois l'odeur vague de mon os qui couine. Mes mâchoires ont besoin d'exercice. Je sens aussi ma couverture et la balle de Lord Rubis, ainsi que la vieille bottine qui porte l'odeur du chien inconnu.

Et voilà que je sens le chien inconnu.

J'active ma fonction supermuseau.

L'odeur du chien inconnu s'accentue.

Cela signifie qu'il est dans l'abri.

Les ravisseurs ont-ils déjà frappé?

Complotent-ils une vague d'enlèvements dans tout Val-Cabot?

Question de
terrier-toire

Je me glisse sous la porte et entre
dans la maison-vide-où-logent-des-rats.

Snif, snif.

La maison vide ne l'est plus. Il y a
un chien dans l'abri.

J'avance lentement, une patte à la
fois.

Question : Comment ai-je pu
manquer les ravisseurs?

Réponse : Ils ont dû arriver tôt,
pendant que je soupais avec Simon.

Tout n'est pas perdu. Je peux
expliquer la situation à la victime et
retourner faire le guet.

Je promène mon museau dans la pièce où se trouve l'abri. Je repère le chien inconnu. Mon nez remue. C'est un chien malpropre. Mon supermuseau détecte des puces.

Ces ravisseurs ne sont pas trop difficiles quant au type de chiens qu'ils kidnappent!

Je me glisse vers le chien inconnu.
Je suis sur le point de lui expliquer la
situation lorsqu'il bondit, le poil hérissé.

— Qui va là? jappe la victime. C'est
mon terrier-toire, ici!

— Du calme, dis-je vivement. Le
détective Jack Russell s'occupe de l'affaire.

— Grrrrrrrrr! fait la victime. Sors d'ici
avant que je t'arrache le museau!

Je peux voir maintenant que la
victime est un fox-terrier. Ou quelque
chose de ce genre. Il est principalement
blanc et noir, avec des taches de saleté.
Il a le poil hérissé.

— Halte! dis-je. (Mes propres poils
cherchent à se hérisser, mais je les en
empêche.) Recule avant que je sois
obligé de te mordre!

— Ce que tu me fais peur! s'exclame

la victime d'un ton méprisant.

Le fox-terrier, ou quelque chose de ce genre, montre les dents.

— Sors de chez moi!

— Très bien, puisque tu *refuses* d'être secouru, dis-je avec dédain.

Je recule un petit peu.

La vérité selon Jack
Quand un terrier montre les dents,
il ne plaisante pas.
Quand un terrier ne plaisante pas,
il vaut mieux reculer.
Même quand on est soi-même un terrier.
Vrai de vrai.

— Secouru! glapit la victime. Elle est bonne, celle-là! Retourne à ton panier, espèce de Jack fouineur.

Je lui demande :

— Et que sais-tu à propos de mon panier?

Le fox-terrier me regarde droit dans les yeux. Du coin de l'œil, je vois sa patte avant glisser d'un côté. Il tente de pousser quelque chose hors de ma vue.

Cette chose, c'est ma couverture. C'est à ce moment-là que je réalise ce qui se passe. Cette victime n'est *pas* une victime. C'est *l'auteur du crime!*

— Tu n'as pas été kidnappé, dis-je.

Ce n'est pas une question, mais une constatation.

— Recule, Jack, gronde Foxi. C'est *mon* terrier-toire, ici.

— Tu l'as déjà dit. Mais tu es venu sur *mon* terrier-toire, n'est-ce pas? Et tu as volé *mes* affaires.

Foxi renonce à essayer de cacher la couverture. Il pose sa patte de devant sur mon os qui couine.

— C'est bien fait pour toi, marmonne-t-il. C'est *toi* qui t'es d'abord installé sur *mon* terrier-toire.

— Tu ne vas pas me passer un savon, quand même? dis-je.

Foxi frémit.

— Ne prononce pas le mot « savon »! gronde-t-il férocement. Toi et cet humain vous êtes installés chez moi.

— Pfffttt!

Et soudain, je me rappelle quelque chose.

— Cette vieille bottine t'appartient.

— Exactement, dit Foxi d'un ton hargneux. Quand tu m'as volé mon terrier-toire, il a fallu que je déménage.

Il renifle.

— C'est toujours comme ça.

— Alors, dis-je, tu vivais seul dans ma cour. Tu n'as pas de maître. Tu es un chien errant.

Le fox-terrier plisse les yeux.

— Et alors, qu'est-ce que ça peut te faire?

— Simon et moi avons emménagé, alors tu es parti, poursuis-je. Mais tu es revenu chercher la vieille bottine.

— Un chien a bien le droit de récupérer sa vieille bottine, dit Foxi.

Ma réplique ne se fait pas attendre :

— Oui, mais un chien n'a *pas* le droit de prendre mon os qui couine, ma couverture, mon bol, mon souper et la balle de Lord Rubis! Foxi, je t'arrête…

Je m'interromps.

Et pourquoi me suis-je interrompu?

Parce que, même si j'ai résolu l'affaire de l'abri de Val-Cabot, je ne peux pas procéder à l'arrestation du coupable.

Simon arrêterait des ravisseurs de chiens, mais pas un fox-terrier qui n'a nulle part où se réfugier.

Qu'est-ce que je pourrais bien faire? Qu'est-ce que je *dois* faire? J'ai un problème.

Tandis que je réfléchis, j'entends un **chienbardement** dehors.

Glossaire de Jack

Chienbardement : *grand vacarme occasionné par des chiens.*

Un désastre

J'entends des cris. J'entends des aboiements. J'entends des jappements aigus. J'entends Lord Rubis.

— Reste là, dis-je à Foxi.

Je quitte l'abri. Je sors comme un éclair de la maison-vide-où-logent-des-rats. Je passe à toute vitesse dans le trou de la clôture. Je m'immobilise brusquement.

Lord « Rubis » Setter court à toute vitesse dans la rue. Ses oreilles flottent au vent. Sa queue ondule au clair de lune. Il hurle :

— Attrape-mooooi!

Une femme court derrière lui.

— Rubis! Viens ici! crie-t-elle.

Derrière la femme courent trois autres personnes et trois crève-tympans.

Les gens crient :

— Qu'est-ce qui se passe?

— Arrêtez!

— Vous ne savez pas l'heure qu'il est?

— On devrait attacher ce chien!

Les crève-tympans jappent comme le font tous les crève-tympans.

Derrière eux, j'aperçois Simon. Lui aussi m'a aperçu.

— Te voilà, Jack! Je me demandais où tu étais passé.

Comme je suis content de voir Simon!

Je lui donne la patte et me propulse dans les airs comme seul un Jack Russell

sait le faire. Simon m'attrape. Je suis
maintenant plus haut que Rubis et les
crève-tympans. Ce qui fait de moi le
chien dominant.

— Au nom de la loi, arrêtez! dis-je
dans un aboiement.

Les crève-tympans cessent de glapir
et de gémir. Rubis arrête de hurler et

s'accroupit sur le sol.

J'aboie :

— Mais qu'est-ce que tu fabriques, Rubis?

— Désolé, Jack, répond Rubis. J'ai tenté de me faire kidnapper comme tu me l'avais demandé. Mais personne ne voulait le faire.

— Je t'ai dit de te *laisser* kidnapper, pas de te *faire* kidnapper! dis-je d'un ton brusque.

— Oh, navré.

Rubis se fait encore plus plat.

— C'est ma faute.

Sa langue pend au clair de lune.

La femme (Catherine Samson) le saisit par le collier.

— Rubis, comment as-tu pu être aussi vilain?

Lord Rubis gémit et donne un coup de patte sur la jambe de sa maîtresse.

Les crève-tympans se remettent à pousser des jappements aigus.

Tout le monde leur crie de se taire.

Je m'affaisse dans les bras de Simon.

Il n'y avait donc pas de ravisseur à la poursuite de Lord Rubis.

Le voleur n'est qu'un chien sans chez-soi.

L'abri n'est rien d'autre que le nouveau refuge du chien errant.

Je me suis trompé depuis le début.

Ma première affaire semble être un vrai désastre.

Les choses finissent par se calmer. Les crève-tympans et les trois autres personnes rentrent chez eux.

Catherine Samson explique à Simon que son chien s'est enfui.

Simon explique à Catherine Samson que son chien s'est également enfui.

Ils nous regardent tous les deux d'un air mécontent.

C'est alors qu'il me vient une idée.

<u>La vérité selon Jack</u>

Les Jack Russell ont très souvent des idées.
Quand un Jack Russell a une idée, elle est bonne.
La plupart du temps.
Vrai de vrai.

Voilà mon idée : maintenant que Simon est là, il peut m'aider à rapporter mes affaires chez nous! Elles sont toujours une preuve du crime, mais j'ai abandonné l'idée d'arrêter Foxi.

J'effectue un **saut en vrille** rapide et me libère des bras de Simon. Je cours déjà lorsque j'atterris.

Je passe à toute vitesse par le trou de la clôture. Je rentre comme un éclair dans la maison-vide-où-logent-des-rats. Je me précipite vers l'abri.

Rubis court derrière moi.

Ou plutôt, Rubis *essaie* de courir derrière moi. Ce n'est pas ma faute s'il est resté pris dans la clôture.

Je soupçonne le voleur d'avoir quitté les lieux, mais il est toujours là. Il est couché sur le plancher sale, le menton sur sa vieille bottine.

Je fixe Foxi.

Foxi me fixe aussi. Il se lèche les

babines.

— Eh bien? dit-il. Tu vas me chasser de ce terrier-toire aussi?

J'y songe un instant. Ça ne me paraît pas juste de le forcer à s'installer ailleurs.

— Écoute… disons-nous en même temps.

Nous nous arrêtons.

— Écoute, dis-je de nouveau. Supposons que tu me rendes mes affaires et que tu redonnes sa balle à Lord Rubis. Tu peux garder la vieille bottine.

— C'est très généreux de ta part, marmonne Foxi.

— Tu peux aussi garder ce terrier-toire et je garderai le mien, dis-je. Mais ne vole plus rien.

Foxi fait la tête.

— C'est une vie de chien, gémit-il.

Si je ne vole pas, je ne mange pas.

Je réfléchis. Au même moment, j'entends Simon pousser la porte d'entrée brisée.

— Regarde ce que tu as fait! dit Foxi brusquement.

Il prend sa vieille bottine dans sa gueule.

— Tu as attiré des *gens* ici. Les gens ont des bâtons. Ils détestent les chiens comme moi…

— C'est seulement Simon… dis-je, mais je n'ai qu'à moitié raison.

C'est bien Simon, mais pas *seulement* Simon.

Il entre, muni d'une grosse lampe de poche. Derrière lui se trouvent Catherine Samson et Rubis. Le pelage de Rubis est tout emmêlé là où il est resté coincé dans la clôture. Et derrière *eux* apparaît…

— Tante Adèle!

Je m'élance comme une flèche et me propulse dans les airs comme seul un Jack Russell sait le faire.

Tante Adèle m'attrape. (Elle a de l'expérience.)

— Mais si ce n'est pas mon beau chéri, Jacques Roussel!

Foxi me jette un regard par en dessous.

— Jacques Roussel?

— Appelle-moi comme ça et tu es mort! dis-je d'un ton féroce.

Je donne à tante Adèle un grand coup de langue sur la joue et pousse ses lunettes de côté. Elle adore quand je fais ça.

Et c'est alors que j'ai la meilleure idée de toute ma vie. Soudain, tout devient clair… Je sais *exactement* ce qui doit se passer pour que ma première affaire aboutisse à une **heureuse conclusion.**

Le glossaire de Jack

Saut en vrille : *sorte de saut rapide jumelé à une torsion qu'exécutent les Jack Russell quand ils veulent descendre rapidement.*

Heureuse conclusion : *c'est-à-dire que tout se termine bien. Les objets volés sont rendus à leurs propriétaires. Le voleur est réhabilité. Le détective est fier de son travail.*

 # Foxi réhabilité?

Foxi essaie de s'en aller en douce. Il faut que je l'en empêche. J'exécute un saut en vrille pour m'échapper des bras de tante Adèle.

Je m'élance vers Foxi et pose une patte derrière sa tête.

— Baisse la tête, dis-je dans un sifflement. Fais comme si tu étais un gentil chien qui traverse une mauvaise passe.

Foxi commence à grogner. Je lui donne un grand coup de langue sur les babines. Le grognement se change en gargouillis. J'agite la queue le plus

que je peux. Je plaque la tête de Foxi
contre le sol.

— Je te revaudrai ça, Jack Russell!
marmonne Foxi.

— Tais-toi! dis-je. *Gentil* chien,
souviens-toi.

Je me gratte sur le côté à mesure que
les puces de Foxi migrent sur moi.

Comme prévu, tante Adèle et Simon
s'approchent pour voir ce que je fais.

Comme prévu, tante Adèle se penche
et examine Foxi.

— Pauvre petit chien! susurre-t-elle.

Elle m'éloigne doucement de Foxi.

— Pauvre petit chien chéri!

Foxi me fusille du regard, puis c'est
sur tante Adèle qu'il reporte son regard
furieux.

Mais pas pour longtemps. Personne

ne regarde tante Adèle d'un air furieux bien longtemps.

La lueur de colère dans les yeux de Foxi se change en lueur d'intérêt. Il croise mon regard.

— Fais-le! dis-je d'un ton autoritaire en me grattant le cou. *Gentil* chien. Tante Adèle a des *biscuits*.

Foxi bat de la queue. Il y a si longtemps que sa queue n'a pas remué que je crois bien l'entendre craquer.

Le tour est joué. Tante Adèle prend Foxi dans ses bras.

— Je ramène ce pauvre petit à la maison, déclare-t-elle.

— Tu ne peux pas faire ça, tante Adèle! dit Simon. Tu sais bien que ton propriétaire ne te permet pas d'avoir un chien.

— C'est vrai, dit tante Adèle. Mais
ai-je oublié de t'en parler? J'ai décidé
de venir habiter à Val-Cabot!

Voilà la conclusion de ma première
affaire. Tante Adèle emmène Foxi (et la
vieille bottine) pour lui donner un bain.

— Je vais me venger, Jack Russell! crie
Foxi.

— C'est déjà fait! dis-je dans un
aboiement. J'en ai pour des heures à
chasser les puces!

Simon m'aide à rassembler ma
couverture, mon os qui couine et mon
bol, et nous prenons le chemin de la
maison. C'est ainsi que l'affaire se
termine. Sauf que...

Lord Rubis s'écarte soudain de
Catherine Samson. Il saute sur sa balle

en caoutchouc.

— Tu es un habile détective, Jack! dit
Rubis.

— Merci, dis-je.

Je me gratte l'oreille.

— Mais je me suis trompé. Il n'y avait
aucun ravisseur après tout.

— Et alors? dit Rubis. Tu as retrouvé
ma balle préférée!

La vérité selon Jack
Les puces, quel embarras!
Quand elles s'en vont, bon débarras!
Vrai de vrai.